*A Lola M., que dibujó el mapa y me aseguró que me llevaría al tesoro. G. I.*

*A Carlota, por ser la inspiración y la luz en esta aventura. S. A.*

COLECCIÓN
LO MULLARERO

**EL TESORO DE ISLA COCINA**

Dirección: Èrica Martínez
Colección a cargo de Julia Carvajal

© Texto: Gracia Iglesias
© Ilustraciones: Sergio Arranz
© Ediciones La Fragatina

Correcciones: strictosensu.es
Diseño gráfico: pluc.es

Edita: Ediciones La Fragatina
Thinka diseño y comunicación, s.l.
Plaza España, 23, 1º A
22520 Fraga
www.lafragatina.com

1ª edición: julio de 2016
ISBN: 978-84-16566-16-7
Depósito legal. HU-185-2016
Imprime: La Impremta

Con el soporte del Departamento de Cultura

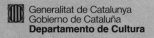
Generalitat de Catalunya
Gobierno de Cataluña
**Departamento de Cultura**

# El Tesoro de Isla Cocina

Gracia Iglesias

Sergio Arranz

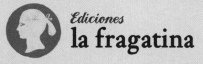

Ediciones
la fragatina

—¡Piratas! ¡A toda vela!

—¡A la orden, Capitana!

—Tenemos que llegar a Isla Cocina antes de
que nos alcance la tormenta.

—¡Ya es tarde, Capitana! ¡La tormenta está aquí!

¡BRUUUUUUUUUM!

El trueno sonó acompañado de un relámpago
y empezaron a caer gruesas gotas de lluvia.

—¡Tierra a la vista! —gritó el vigía.

Los cuatro a la vez exclamaron:

—¡HURRA!

Al fin lograron llegar hasta la orilla. La tormenta había quedado atrás.

—¡Lo conseguimos! ¡Hemos llegado a Isla Cocina! —exclamó Parche.

—Ahora solo falta encontrar el tesoro —dijo Largo.

Canica extendió el mapa del tesoro y lo observó detenidamente.

—Es una ruta difícil y peligrosa.

Todos se acercaron a mirar.

El camino más corto bordeaba el pantano de los cocodrilos.
Por suerte parecía que estaba en calma. Con un poco de cuidado
podrían pasar sin peligro.

—SSSSSSSHHHH. Silencio. Los cocodrilos están dormidos.

Pero entonces a Canica comenzó a picarle la nariz.

Sin poder evitarlo, lanzó un ruidoso estornudo.

—¡AAAAAAACHÚS!

—¡Se han despertado! —gritó Capitana—. ¡CORRED!

Cuando lograron despistar a los cocodrilos,
ya estaban cerca de la cueva de Jim Triturador.
El gigante guardaba la entrada de la gruta.
Pero en ese momento estaba luchando contra
un pulpo monstruoso.

—Vamos. Entremos a la cueva ahora que está
distraído —dijo Largo.

Muy despacio y muy callados, para que el gigante
no les viera, los piratas pasaron bajo las piernas
de Jim Triturador y entraron en la cueva.

Pero allí les esperaba otra sorpresa.

—¡Horror! ¡Son los indios garabatos!

La terrible tribu de las caras pintadas los apuntaba

con sus flechas de colores. Parche levantó las manos y dijo:

—Tranquilos, no queremos pelear. Si nos ayudáis a encontrar

el tesoro de la isla, lo compartiremos con vosotros.

Los indios garabatos hablaban un idioma
muy extraño, pero acabaron entendiéndose.
Ya faltaba poco para llegar al tesoro.
Aunque todavía quedaba lo más difícil.

—El tesoro está en lo alto de la montaña.
Uno de nosotros tendrá que escalar.
—Pero ¿cómo? La pared es demasiado lisa,
no hay donde agarrarse.

Con ayuda de los indios garabatos, construyeron una escalera.
Era muy alta y muy estrecha. Se movía tanto que daba bastante miedo
subir por ella. Pero Capitana era valiente. Con mucho cuidado, lentamente,
subió paso a paso hasta llegar a donde estaba el cofre del tesoro.

Cuando Capitana bajó, hubo abrazos, risas y baile.

—¡Bravo! ¡Lo hemos conseguido!

Después, los cuatro piratas, la tribu garabatos y hasta
Señor Cosquillas dieron buena cuenta del botín.

Desde aquel día, Capitana,
Canica, Parche y Largo no volvieron
a temer a los indios garabatos.
Ni siquiera Señor Cosquillas
les tuvo miedo ya.

Es natural. ¿Quién tendría miedo después
de haber escapado del terrible Jim Triturador...

...y del ataque de los fieros cocodrilos del pantano?

La Pandilla Pirata estaba preparada para cualquier aventura.

Incluso si les pillaba otra tormenta.